閱讀123

國家圖書館出版品預行編目資料

去問貓巧可／王淑芬 文；尤淑瑜 圖 -- 第一版. -- 臺北市：天下雜誌, 2018.5
128 面；14.8x21公分. --（閱讀123） ISBN 978-957-9095-58-7（平裝）
859.6 107004070

閱讀 123 系列 —— 061

去問貓巧可

作者｜王淑芬
繪者｜尤淑瑜
責任編輯｜蔡珮瑤、陳毓書
美術設計｜蕭雅慧
行銷企劃｜王予農、林思妤

天下雜誌群創辦人｜殷允芃
董事長兼執行長｜何琦瑜
媒體暨產品事業群
總經理｜游玉雪
副總經理｜林彥傑
總編輯｜林欣靜
行銷總監｜林育菁
副總監｜蔡忠琦
版權主任｜何晨瑋、黃微真

出版者｜親子天下股份有限公司
地址｜台北市 104 建國北路一段 96 號 4 樓
電話｜（02）2509-2800 傳真｜（02）2509-2462
網址｜ www.parenting.com.tw
讀者服務專線｜（02）2662-0332 週一～週五：09:00~17:30
讀者服務傳真｜（02）2662-6048
客服信箱｜ parenting@cw.com.tw
法律顧問｜台英國際商務法律事務所．羅明通律師
製版印刷｜中原造像股份有限公司
總經銷｜大和圖書有限公司 電話：（02）8990-2588

出版日期｜ 2015 年 12 月第一版第一次印行
2024 年 5 月第二版第二十八次印行
定價｜ 260 元
書號｜ BKKCD103P
ISBN ｜ 978-957-9095-58-7（平裝）

訂購服務
親子天下 Shopping ｜ shopping.parenting.com.tw
海外．大量訂購｜ parenting@cw.com.tw
書香花園｜台北市建國北路二段 6 巷 11 號 電話（02）2506-1635
劃撥帳號｜ 50331356 親子天下股份有限公司

去問貓巧可

文 王淑芬
圖 尤淑瑜

貓巧可是隻貓

第3個問題是大象問的

第4個問題是二年一班的小朋友問的

貓巧可是隻貓

「大家好，我姓貓，名叫巧可。為什麼姓貓？因為我是一隻貓啊，總不能叫狗巧可、兔巧可、豬巧可。」貓巧可自我介紹完畢，臺下的貓都大聲鼓掌，「喵喵喵」叫著要他再表演一次。

喵喵喵
喵喵

貓巧可只好再站上講臺，開口說：「大家好，我姓貓，名叫巧可。為什麼姓貓？因為我是一隻貓啊，總不能叫烏龜巧可、老虎巧可、蛋糕巧可。」

貓咪們的掌聲更熱烈了。貓巧可最要好的朋友貓小花尤其開心，她說：「貓巧可果然是貓村裡最厲害的貓，每一次的自我介紹都不一樣。」貓小花太高興了，頭上開出一朵花。貓小花如果愈快樂，頭上開出的花就會愈大愈漂亮。

貓巧可

貓村裡所有的貓，每天一起床洗好臉，吃完早餐，就跑到貓巧可家門口，等著貓巧可出門，為大家表演。貓巧可有許多變不完的花樣，而且還很大方的與大家分享。

有一天，貓巧可在草地翻過來又翻過去，連續打了二十個滾。這件事立刻成為貓村日報的頭條新聞，網路上也瘋狂轉貼這則消息：「貓巧可是打滾世界冠軍。」

幼兒園大班的貓小月感動的流下眼淚，對老師說：「我長大以後，要像貓巧可一樣滾來滾去。」說完，馬上在教室地板上打了一個漂亮的滾。

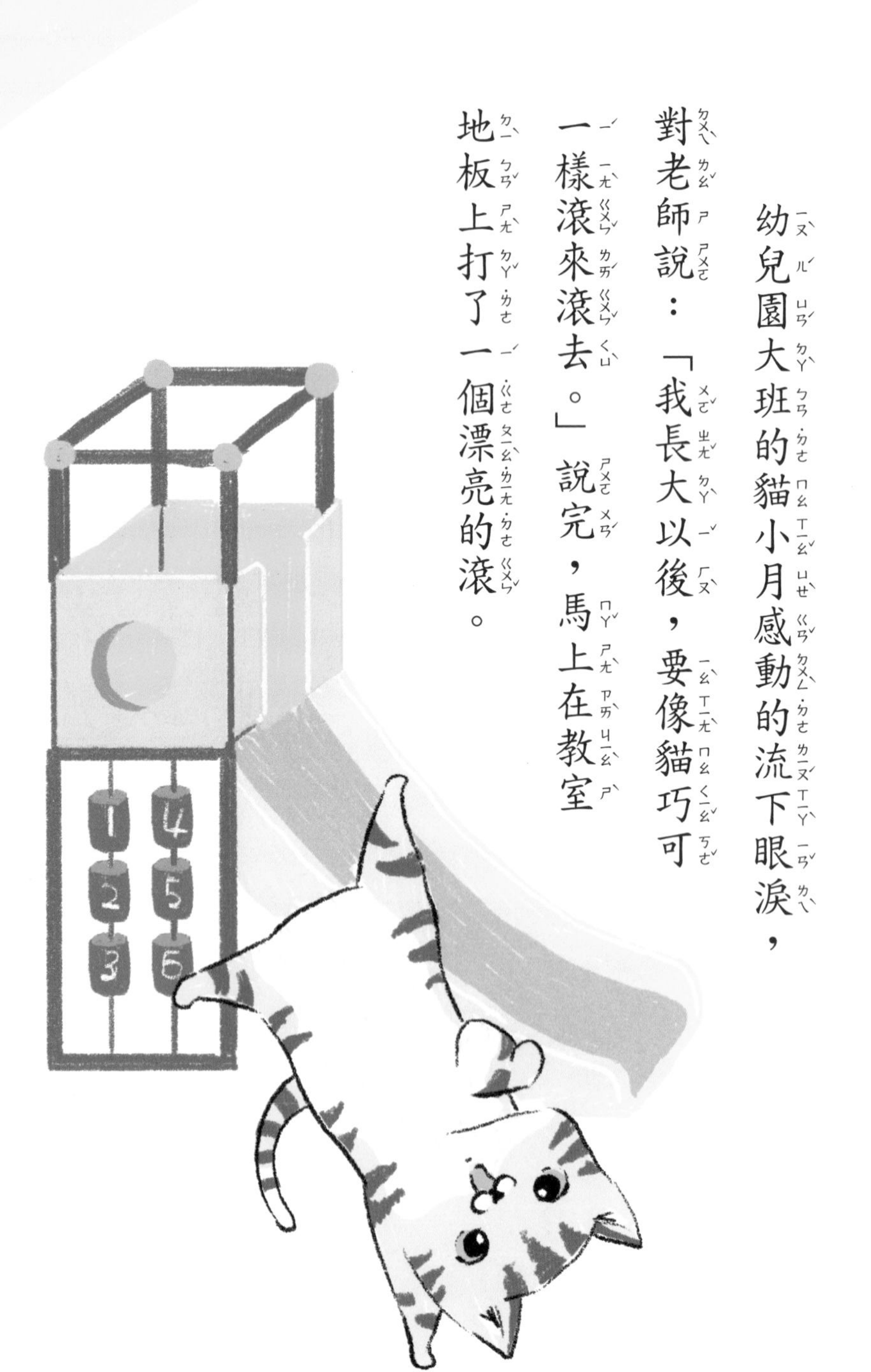

老師也感動的流下眼淚，說：「我能教出你這樣的學生，真是太榮幸了。」說完也在教室地板上打了一個十分優雅的滾。

還有一天，貓巧可一口氣唱了三十首歌，大家都拍手說：「貓巧可是唱歌世界冠軍。」但是，貓小花這回不太開心，她的頭上只開出一朵小花苞；因為這三十首歌中，並沒有貓小花最愛的熱門兒歌：「一到晚上貓就到處叫」。幸好，貓巧可知道後，又為好朋友唱了這首歌，這首歌曾經得到去年金貓音樂大獎呢。

貓巧可的本事

說也說不完，比如：他會寫詩，出版過五百本詩集。每一本只有一首詩，每一首詩只有兩句；這是貓村文化部的規定，因為貓咪們每讀完兩句詩就會想

吃魚，然後就跑去吃魚，這可是流傳了三十年的歷史。所以每本詩集只有兩句，才不會把詩集弄髒。

最轟動的一次，是貓巧可盯著一隻螞蟻看，足足看了有五十九秒那麼久吧，從螞蟻出現在貓巧可的右邊，再慢慢爬過貓巧可眼前，走到左邊，消失不見，貓巧可竟然一動也不動，完全沒有伸出手去抓。所有聽到這件事的貓，都瞪大眼睛驚呼：「天啊，我做不到！只要一見到螞蟻，我一定立刻伸手抓過去！」

貓巧可的尾巴不得了，會打拍子。每一隻貓過生日時，貓巧可會將尾巴舉得高高的打拍子，帶領大家唱生日快樂歌。貓巧可會一口氣放五個風箏；貓巧可會在任何東西上打蝴蝶結，包括在通往狗村的那座橋上，打一個超大型的美麗蝴蝶結。

貓巧可會做的事太多太多啦。

狗村

所以，貓村裡只要任何人有問題，一定會說：「沒關係，去問貓巧可。」

去問貓巧可

第1個問題是螞蟻問的

陽光從窗外照進來，將貓巧可的尾巴曬得暖烘烘的。貓巧可伸伸腰，準備起床，一張開眼，見到眼前有一個小黑點。

「是我，我是小螞蟻，我想請問你。」貓巧可不敢亂動，因為螞蟻站在他的鼻尖上。貓巧可小聲回答：「你好，小螞蟻。請問你有什麼問題？」

「為什麼你可以盯著我看了五十九秒，卻不來抓我？」原來這是上次爬過貓巧可面前的那隻螞蟻。

貓巧可說：「關於這個問題，答案其實很簡單。你想要我簡單的回答你，還是超級麻煩又仔細又有耐心的回答你？」

小螞蟻想了想，大概想了有三秒鐘那麼久吧，很慎重的回話：「我想要很細心很麻煩的答案。」

「為什麼？」輪到貓巧可發問。

小螞蟻說：「因為我不忙，而且我想要不簡單。」

他還解釋：「一般人都覺得螞蟻是個簡單的小東西，可是，螞蟻跟小貓一樣，根本就不簡單，不簡單！」

小螞蟻開始舉例：「比如，我跟你一樣，也會睡覺，不簡單吧？別以為螞蟻整天只會從東邊爬到西邊，再從左邊爬到右邊。螞蟻的人生並不是只有這樣。」

貓巧可點點頭：「我知道螞蟻會睡覺，雖然不像我需要閉上眼睛，有時還打呵欠；螞蟻睡覺只是暫時不動的躺著休息。而且根據研究，火蟻中的蟻后，有時每天能睡九個小時呢。」貓巧可喜歡看書，果然知道許多知識。

「好，我開始不簡單的回答你的問題。」貓巧可摸摸鬍鬚，瞇起眼睛說。「為什麼貓可以盯著螞蟻看了五十九秒，卻不去抓他？因為……」

話還沒說完，小螞蟻搶答：「我猜，是那一天有電視臺的記者站在你旁邊，你故意忍著。因為如果你跟普

通貓一樣，見到螞蟻就抓，那就太普通了。」

貓巧可摸摸鬍鬚，笑著說：「不對。那一天站在我身邊的，是我的好朋友貓小花，以及貓咪小學一年一班的小朋友。」

小螞蟻繼續搶答：「或許，那一天你的手扭傷了，沒辦法迅速的伸手抓我。」

貓巧可搖搖頭：「你別胡說，我身體健康得很。」

「咦？該不會是你們家爺爺的爺爺的爺爺，曾經被一隻螞蟻救過性命，從此發誓後代子孫不准傷害螞蟻。」小螞蟻又想到一個不簡單的理由。「也可能，你正巧剛讀完一本書，書名是：千萬不要抓螞蟻。」

千萬不要抓螞蟻

「啊，我想到了。一定是你前一晚失眠，所以看見我時，是在打瞌睡。正確說來，是你根本沒有看見我，哈哈哈。」小螞蟻好像對這個答案很滿意，笑得特別開懷。「也許，那是你正在做的科學實驗，計算螞蟻一分鐘可以爬多遠？」

貓巧可將小螞蟻輕輕的捧到地上，低聲說：「你的想法很有趣。現在，換我超級麻煩又仔細又有耐心的回答你。」

小螞蟻哼了一聲，扭了扭屁股，對貓巧可說：「我覺得我不想聽。」

「為什麼？」這是貓巧可第二次發問了。

小螞蟻把頭抬得高高的，用盡力氣大聲說：「因為，說不定你超級麻煩又仔細又有耐心的回答，卻是一個超級簡單又平凡又普通的答案啊。」

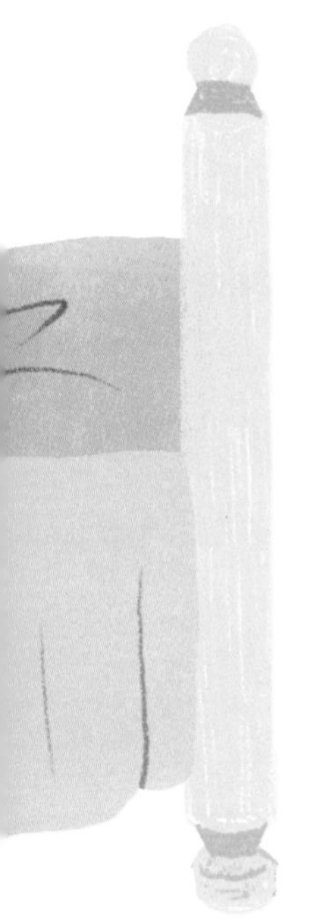

「如果你不想聽我的答案，何必來找我？」貓巧可有些不高興。

小螞蟻用很細很細的聲音說：

「如果我不來找你，就不會想問你這個問題。如果我不問你這個問題，那我自己也不會先蹦出那麼多想法。」

貓巧可想了想，大概有五秒鐘那麼久吧，又說：「可是如果我不說，你永遠不知道真實答案。」

小螞蟻看著貓巧可的眼睛：「但是，一旦我知道真實答案，我就只知道這個答案，再也不會思考其他的可能。這樣，我會忘了這件事，忘了它曾經這麼不簡單。」

貓巧可低下頭，對小螞蟻說：「我懂了，這真的是個好答案。」

第2個問題是貓小花問的

簡單

困難

這一天貓小花太開心了，應該是比開心還要開心，開心乘以三，因為她有三件讓她一想起來就快樂的事。貓小花對著鏡子，露出大大的笑容，頭上開出一朵玫瑰花。

第❶件事：貓小花起床發現窗外是一片藍天，可以去草地上野餐。

第❷件事：媽媽說今天晚餐有魚還有肉。

第❸件事：她昨天看了一本故事書，書中有一段情節，她急著想說給好朋友貓巧可聽。

「巧可，這個故事你一定有興趣。」貓小花跑到貓巧可家，衝進屋子，大聲的對他宣布。

「昨天我看到書裡寫著，有個老師問學生，你想回答一道困難的問題，還是兩道簡單的問題？」

貓巧可摸摸鬍鬚，點頭微笑：「原來你也讀了《林肯的故事》。林肯小時候，老師問他想選擇回答一道難題，還是兩道簡易題？」

「是啊。」貓小花聽到好朋友也跟她讀過一樣的書，頭上的小花開得更大了。「結果小學生林肯說，他要回答一道困難的問題。」

「我不知道這個林肯小時候的故事是真是假？不過，這個故事挺有意思的。」貓巧可想起書中的妙答，又點頭微笑起來。

貓小花說：「所以，我也要請問你。如果是你，你想回答一道困難的問題，還是兩道簡單的問題？」

貓巧可回答：「你的這個問題，就是一道困難的問題啊。」

「為什麼？」貓小花問。「你只要選擇一，還是二就好，不是很簡單嗎？選擇題是最好回答的問題。」

貓巧可卻搖頭：「有時，簡單是困難的，困難卻是簡單的。」

貓小花頭上的花消失了，她皺起眉頭說：

「我不懂。」

貓巧可拉著貓小花走進廚房，問媽媽：「媽媽，請問你想喝咖啡，還是喝開水？」

媽媽立刻說：「開水。謝謝。」

貓巧可幫媽媽倒了一杯水，回頭對貓小花說：「這道選擇題很簡單。」

媽媽接過茶杯，問貓巧可：「你想先做功課，還是先打掃房間？」

貓巧可吐吐舌頭說：「這個問題好難。」

「怎麼會？你只要選一件事先做就好。」貓小花覺得奇怪。

「可是，不管我選哪一件——不論做功課還是打掃房間，都代表不能陪你去野餐啊。」貓巧可解釋給貓小花聽。「因為等我做完功課和打掃完房間，天色就晚了。可是，現在天空好藍，我只想去草地上打滾和野餐。」

媽媽喝了一口茶，

也說：「有時候，

問題並不在選哪一個，

而是根本沒得選，

對不對？

比如：我現在也想去野餐，但是我有一堆衣服要洗，花園也得除草。」

「啊，好難的選擇題。」貓小花大叫。

貓巧可又說：「你剛才問我，要回答一道困難的問題，還是兩道簡單的問題？這個題目，就是一個沒得選的題目啊。因為，我比較想選什麼都不必回答，輕鬆多了。」

貓小花又頭疼了：「那該怎麼辦？沒得選，卻又一定要選。」

「那也沒關係，就從兩個選擇中，想清楚，選一個比較好的。」

貓小花對貓巧可說：「我也懂了。最重要的，是選哪一個？」

媽媽說：「不同選擇，會帶來不同的結果。其實我也可以選擇不洗衣服，也不除草，跟你們一起去野餐。

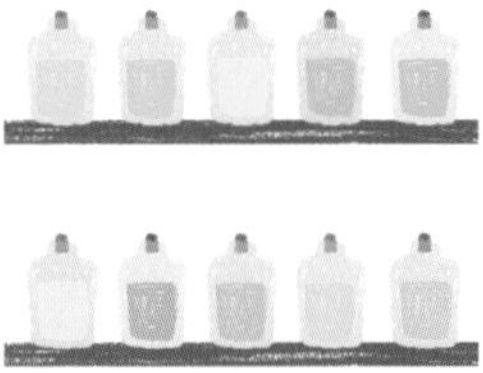

但是，結果是我明天要洗兩倍的衣服，要做更多的家事。今天快樂，明天痛苦。」

「可以讓今天快樂，明天也快樂嗎？」貓小花又問。

「當然可以啊。」

媽媽拍拍貓小花的頭。「我動作快一點，就來得及去野餐。」

貓小花的頭上又開出一朵花，她開心的拍拍手：「太好了，雖然很難選，但不管選哪一個，最後還是有第三個方法可以解決。」

她對貓巧可說：「我可以幫你打掃房間，你趕快做功課。這樣，我們就可以一起去野餐。」

「哇，解決了。」貓小花開心的拉著貓巧可轉圈圈。

忽然，貓小花停下來，對貓巧可說：「但是，我還是想知道，如果一定要選，你想回答一道困難的問題，還是兩道簡單的問題？」

貓巧可回答：「讓我想想，我要選……」

簡單

困難

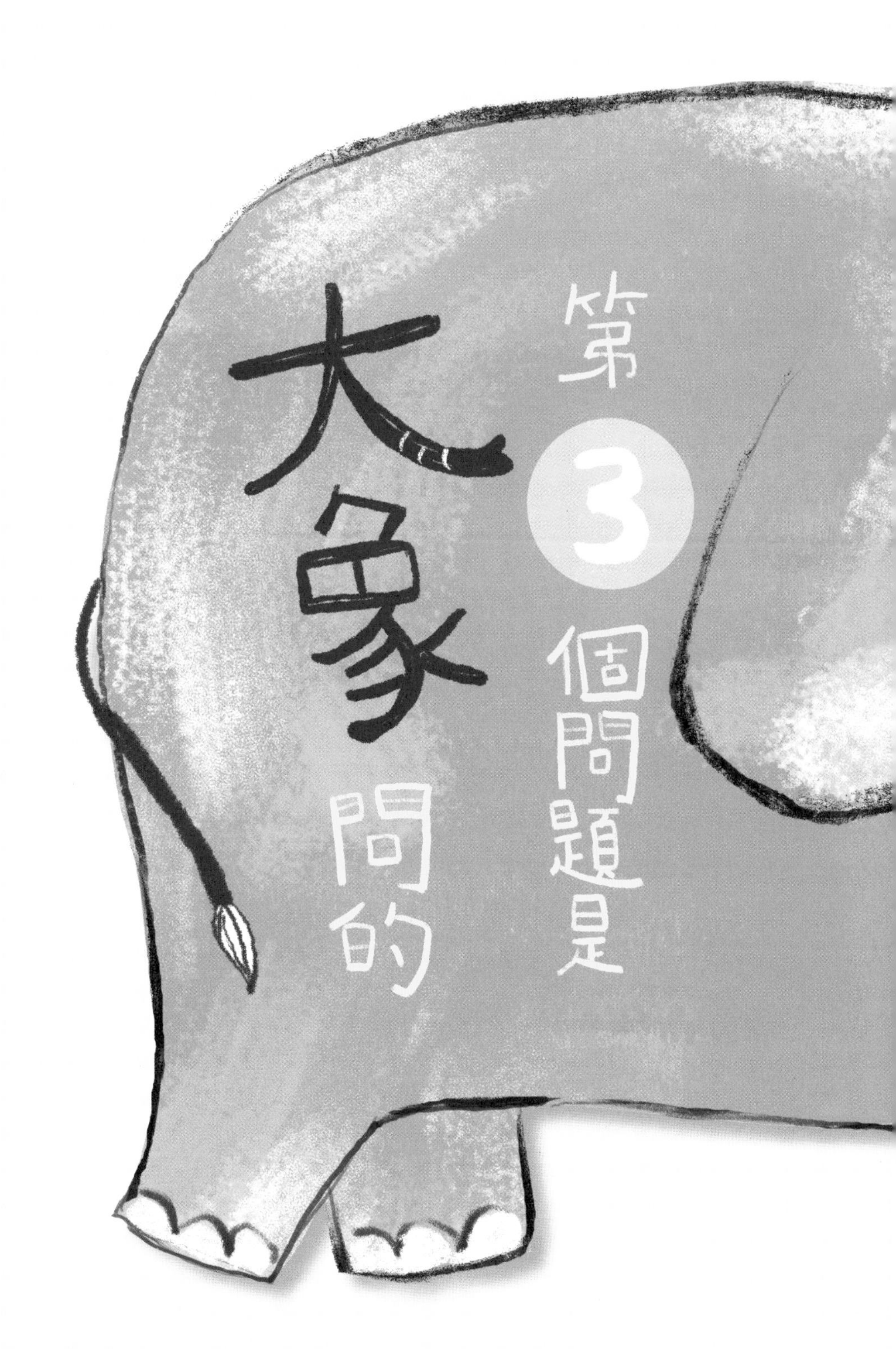
第3個問題是
大象問的

貓村裡偶而會有客人來拜訪。這一天，來了一頭大象，他走到貓巧可家，敲敲門。敲門的聲音很響亮，連隔壁的小狗村都聽得到。

貓巧可打開門，把頭抬得很高很高，看見大象的眼睛裡好像有一點點淚光。他連忙問：「你還好嗎？我可以幫你什麼忙。」

狗村

因為大象沒辦法走進貓巧可的家，所以貓巧可走出門，陪大象先生坐在草地上。

「聽說，你可以回答任何問題。」大象先生拿出手帕，擦了擦眼角。

貓巧可趕快搖手：「沒那麼偉大啦。但是，我願意盡量幫忙。」

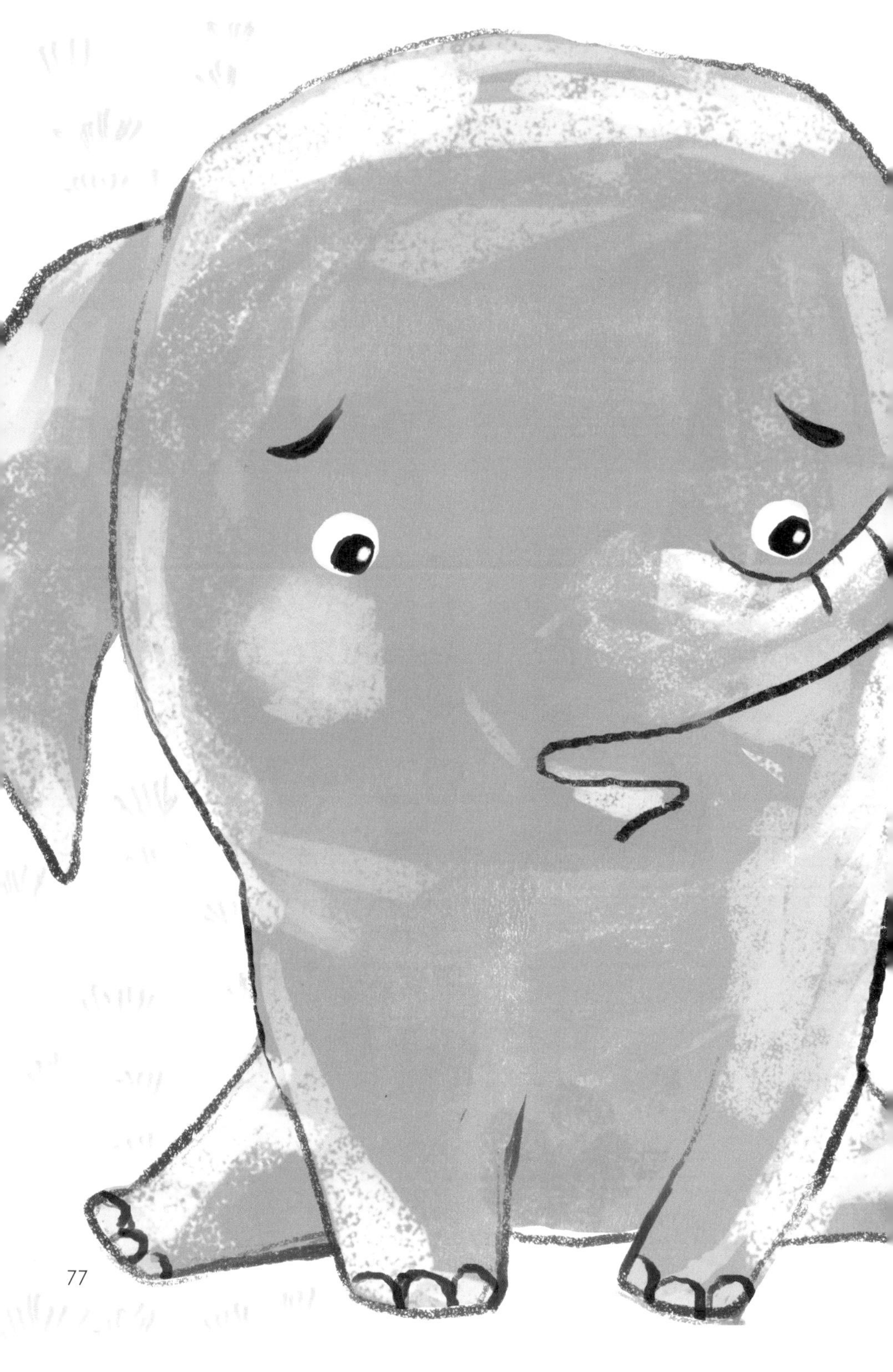

大象先生的鼻子捲起來，捲成一個問號。然後他說：「我又聽說，你可以在任何東西上打蝴蝶結。所以，我的問題是，你可以幫我在一個東西上打漂亮的蝴蝶結嗎？」

「蝴蝶結嗎？沒問題。」貓巧可鬆了一口氣，他會打各式各樣的蝴蝶結。「你想用金色緞帶，還是紅色繩子？對了，你要在什麼東西上打蝴蝶結？」

大象先生突然放聲大哭，開口說：「這就是我要問你的問題啊，我不知道該在什麼東西上打蝴蝶結？」

貓巧可安慰大象先生：「別急別急，慢慢說。請你先告訴我，你想送給誰，我再幫你計畫，可以送他什麼東西？」

沒想到大象先生聽完這句話，哭得更大聲了。他哭得話都說不清了：「這就是……這就是我要問你的問題啊。我找不到誰可以送東西啊。」

原來如此，貓巧可傷腦筋了。大象先生想要有個朋友，以便為這個朋友送上一個打著蝴蝶結的禮物。

「你可以送你的同學，如何？」貓巧可想，這個問題挺簡單的，只要上過學，一定有同學朋友。

哇～～

大象先生哭聲依然沒停：「這就是……這就是我要問你的問題啊。我的同學都躲我躲得遠遠的。」

「為什麼？」貓巧可問。

「可能……可能是因為我會踢他們吧。」大象先生不好意思的回答。

貓巧可嘆口氣，說：「嗯，如果你曾經欺負過別人，的確不容易交到朋友。」

大象先生也嘆口氣：「但是我已經改正了，後來都不會踢人啊。不過，他們還是躲我躲得遠遠的。」

「為什麼？」貓巧可又問。

「可能……可能是因為我會在學校牆壁上，寫許多罵他們的話吧。」大象先生再度不好意思的回答。

「這……」貓巧可都不知道該怎麼接話了。

大象先生低下頭，說：「可是，我後來有擦掉那些罵人的話啊。」

象牙象牙大蛀牙

小象是象牙糖

臭臭

牙哭鬼

不要跟你玩

貓巧可把頭搖得像草地上搖擺的小花：

「不行不行。雖然你擦掉了，但是那些罵過的話，已經對人造成傷害了。」

「我有對他們說抱歉。」大象先生補充說明。「而且，我有低下頭來說。」

貓巧可不明白：「真的？你做得很好。為什麼他們不肯原諒你？」

「可能……可能是因為我是在自己家裡，對著牆壁說對不起吧。」大象先生終於說出答案。

貓巧可點點頭，說：「你罵人是寫在公開的牆壁上，說抱歉卻是對自己一個人說。這樣當然不行。來吧，我帶著你到每個同學家，向同學鄭重道歉。」

大象先生站起來，小聲說：「這就是我要問你的問題啊。我的同學都寫信告訴我，他們已經原諒我，不會生我的氣了。可是，這是真的嗎？你覺得他們是在騙我嗎？」

沒ㄍㄨㄢ係
不生氣
不生氣
沒ㄍㄨㄢ係
沒ㄍㄨㄢ係

貓巧可大叫：「這個問題根本不該來問我，這只有你自己能回答啊。」貓巧可開始覺得，這個大象先生有點煩。

大象先生又用手帕擦了擦眼角：「我知道這個問題只能問問我自己。可是，我也很想要別人告訴我，我是真的已經被原諒了。就像是你在我的『對不起』這句話上面，再打個蝴蝶結，看起來更好。」

—對不起

「這樣是不對的。你不能從頭到尾，只想著你自己。」貓巧可的頭搖得更厲害了。「我知道該怎麼做了。請你列出同學的名單，我們一起想該送什麼禮物給他們，我會幫你在每一個禮物上打蝴蝶結。最後，我們一個個去拜訪，親手送上禮物，並且親自對他說抱歉。」

大象先生總算笑了：「謝謝。這就是我要問你的問題——禮品店幾點開門？」

第4個問題是

二年一班的小朋友問的

貓村小學的右邊是小狗小學，小狗小學的前面是鴨子小學，鴨子小學右邊是大象小學，大象小學的正前方，是小朋友讀的可愛小學。

貓小學
狗小學
鴨小學

可愛小學是一所超級可愛的學校，校長每天都對全校師生說：「可愛就是一種力量，有力量才能愈來愈可愛。」雖然剛入學的一年級小朋友不太懂這句話的意思，但還是很可愛。而且校長也向家長保證，等到升上六年級，一定會了解這句話真正的意思。反正，保持可愛就對了。

可愛小學

這一天，是可愛小學二年級校外教學。二年二班決定去動物園，二年三班要去植物園；二年一班呢，全班開會討論，最後決定去貓村的貓巧可家，請教貓巧可一個問題。不，是九個問題，因為二年一班有八位學生，連老師一共九位。

他們排好隊，背著書包與水壺走出校門，經過打著超大型蝴蝶結的貓狗大橋，來到貓村。

貓村

小朋友與老師都覺得心跳愈來愈快，有點緊張，因為，他們就要跟傳說中「什麼都可以問」的貓巧可見面了。前一天，大家都把自己想問的問題，寫在紙條上。「貓巧可你好，我們照著約定的時間到達你家門口了。」老師敲敲門。

其實，貓巧可更緊張，因為，這是他第一次跟小朋友見面。從前，他只有在故事書上看過人類。

貓巧可小心的打開門，說：「大家好。請問有什麼指教？」

「哇！請問，我可以抱你嗎？」二年一班的一號同學說。

「哇！請問，我可以抱你嗎？」二年一班的二號同學也說。

然後，三號、四號，一直到八號，連老師都一起說：「請問，我們可以抱你嗎？你實在太可愛了。」

哇！我可以抱你嗎？

好可愛！！

貓巧可有點害羞，他假裝咳嗽，然後才提醒大家：「你們不是有問題要問我嗎？應該不是這個問題吧。」一號同學連忙拿出紙條，看著紙條上寫好的問題，大聲唸出來：「請問，到底什麼叫作可愛？可愛的力量是什麼？」

「哇！我也想問。」真沒料到，二號到八號，也是問同樣的問題。看來，大家都急著想知道校長說這句話的意思，不想等到六年級才揭曉。

「這個……我想，可愛就是一種會讓人想抱抱的東西吧。」貓巧可摸摸臉頰說。

二年一班的小朋友齊聲大叫：「那就是你啊。請問，現在我可以抱你了嗎？」

老師也大叫：「等一下。」

老師拿出她自己的紙條，請大家安靜一下，因為她也有問題想問貓巧可。「請問，如果有一天，你遇到回答不出來的問題，怎麼辦？」

貓巧可想了想，大概有五秒鐘那麼久吧。然後又想了想，大概有六秒鐘那麼久吧。最後說：「嗯，這個問題，就是我回答不出來的問題。但是，如果我回答不出來，一定還有別人可以回答吧。」

說完，貓巧可露出一個很溫暖很可愛的笑。於是，老師忘記她原來的問題了，只想問另外一題：「請問，我可以抱你嗎？」

現在，換你問貓巧可一個問題。或是，你來幫貓巧可

回答老師的問題。

貓巧可會抽出一些來信做回覆喔！

作者的話

想，是世界上最重要的事

古希臘哲學家蘇格拉底常被譽為「聰明人」，但他自己卻說，他最大的智慧，不過是認知到自己是「無知」的；知道自己無知，才會想追求「知」。所以蘇格拉底對學生的教學法很簡單：不斷的問，在問的過程中，到底真知道還是一無所知，便逐漸清晰了。

很多時候，不直接給孩子答案，而是像蘇格拉底那樣，透過問題，讓孩子思考，在「蒐集資訊↓分析資訊↓歸納答案」過程中，大腦的運作，會讓神經元連結得更靈活。於是，這一次的思考，可能會成為下一次難題的解答之一。人生的成長，最重要也最深刻的，就在這一次次的問與答之中了。

只是，要問什麼呢？問個好問題，才能產出好想法。其中，藉助閱讀，讓書中故事，也像在問問題，以一種好玩的、靈巧的方式，讓讀者思考，便是我最喜愛的書寫方式。我也想效法蘇格拉底，雖是說故事，卻是問讀者。讀一讀，想一想，讓我們一起更認識自己，進而認識世界。

這本書的四個故事，都以「問題」做為主軸開展。第一個故事，想說的是「最好的答案是自己想」；第二個故事，則是「如果可以選，哪個答案比較好」的思索；第三個故事，想說的是「一個問題的背後可能是更多問題」；第四個故事，要說的是「有些問題可能沒有答案」，那該怎麼辦？最終，讀者可能會發現，讀完後問題更多啊。那才好，你就會一直想、不斷的想。而想，是世界上最重要的事。

附錄1 閱讀完後，大人可以與孩子一起思考：

❶ **一個問題，是不是只有一個答案？**

（說明：有些問題有一個標準答案，比如：現在手錶上的時間是幾點？不過，有些問題，比如：世界上最好吃的食物是什麼？這一題未必只有一個答案。本題希望引領孩子要多元思考，不要只侷限於一種想法。）

❷ **如果一個問題有許多答案，讓人頭昏，是不是壞事？**

（說明：如果一個問題愈想愈多，當然是好事。表示大腦的思考連結很活絡。許多科學家就是因為對「真的只能這樣嗎？真的只有這個答案嗎？」不服氣，更深入探討，才得到更多可能。比如：香蕉是什麼顏色？如果經過縝密思考，會有很多答案才對。）

❸ **會不會有些問題根本沒有答案？如果是，怎麼辦？請想想有沒有什麼問題是沒答案的。**

（說明：有些事因為已不可考，根本無法解答。比如「先有雞還是先有蛋」便是科學家爭論不休、無法有共識的題目。又比如：先苦後甘還是先甘後苦，哪個好？也未必有定論，要看什麼狀況。）

❹ 你想回答兩道簡單的問題，還是一道難題？請說理由。

（說明：這一題除了想讓孩子自我思索：先求平安保險比較重要（選簡單的），還是願意接受挑戰（選難的）？這絕對沒有標準答案，最好還是「看狀況」。此外，重點也在讓孩子思考「什麼是簡單、何種為困難」。乍看的簡單，真的簡單嗎？有人告訴你：有個超級簡單的致富方法，你該相信嗎？又比如：對美洲豹來說，跳躍很簡單，對鱷魚來說，就不簡單了。）

❺ 如果你的答案跟別人的不一樣，你會覺得自己的比較好，還是別人的？還是都好？

（說明：這也是哲學中永遠的辯論題。該相信自己，還是遵從他人？其中還可思考：如果要參考別人，該選擇哪種對象比較好？是考試成績一流的優等生，還是一向對你很好的知己朋友？還是看情形？）

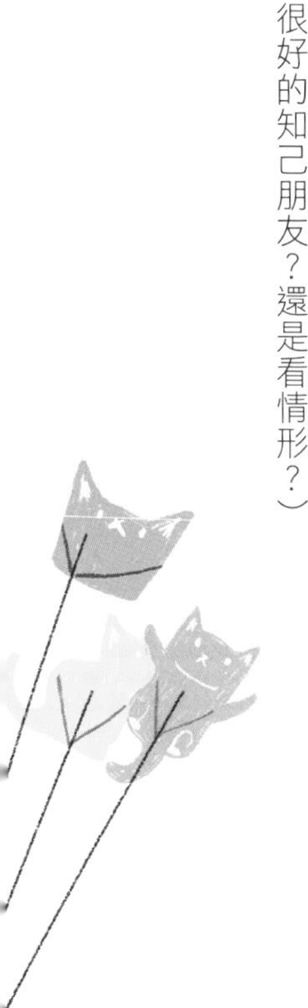

閱讀123